錢欣葆——著

溫馨親情

The Fable of Pupils

小學生寓言故事

前言

六至十歲的兒童是閱讀的關鍵期，適合的閱讀有助於增長知識，拓寬視野，豐富想像力，並且提高判斷是非的能力。在這個階段培養孩子良好的閱讀興趣和閱讀習慣非常重要，讓孩子學會閱讀、喜愛閱讀，受益終身。

錢欣葆先生是當代著名寓言家，寓言構思巧妙、幽默有趣、耐人尋味。文章短小精悍，語言凝練，可讀可誦。生動有趣的故事中閃爍著智慧的光芒，蘊含著做人的道理。每篇寓言故事讓孩子感受不一樣的體驗、不一樣的樂趣，有不一樣的收穫。

《小學生寓言故事》有：誠實守信、勇敢機智、獨立思考、品德禮貌、謙虛好學、合作分享、溫馨親情、自立自強八冊。每篇寓言後面都有「故事啟示」，點明寓意，讓孩子更好地理解寓言中蘊含的深刻哲理。

這套寓言故事書，可用於家長和孩子的親子閱讀，有閱讀能力的孩子也可以獨自閱讀。美妙的文章中蘊含著人生大道理和大智慧，在輕鬆愉快的閱讀中，可以得到教育和啟迪，學到一些生活的智慧和做人的道理。

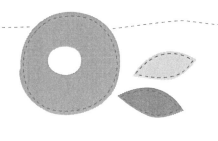

目次

Contents

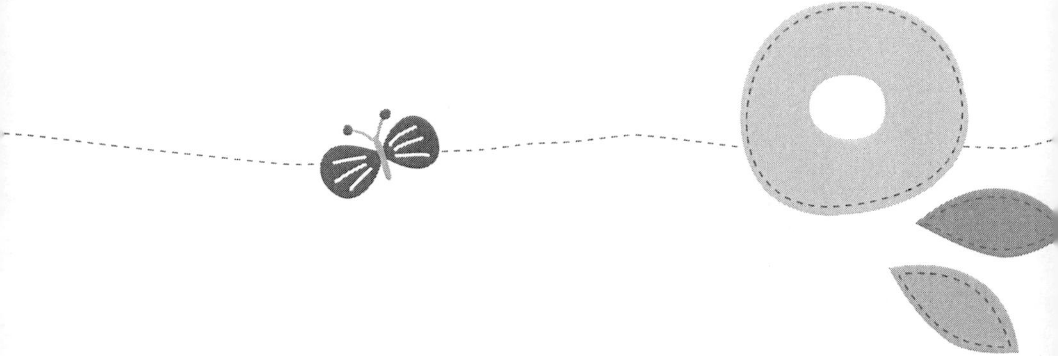

溫馨親情

珍惜父母之愛，要懂得感恩，懂得孝敬，要以實際行動回報父母。而手足之情與友誼，這些情感在人的一生中都十分重要，要學會珍惜。要用熱情去灌溉，用諒解去維護。

①小刺蝟找野果

有一隻膽小的小刺蝟，整天跟在媽媽身邊，不肯離開媽媽一步。

一天，刺蝟媽媽生病睡在家裏，小刺蝟也和媽媽睡在一起。

刺蝟媽媽對小刺蝟說：「孩子，我肚子餓了，你去給我找些野果來吃吧。」

小刺蝟走出了家門，獨自向森林中走去。突然，小刺蝟被樹枝上掛著的一個毛茸茸的東西嚇了一跳，他沒敢細看，回頭就跑。

金絲猴「唰」地一下跳下樹枝，笑著說：「別怕，我是金絲猴，不會欺負你的。」

小刺蝟指著金絲猴背後一動一動的尾巴，說：「你背後藏著棍子，會打我的。」

金絲猴「得兒」翻了個筋斗，說：「你看，這是我的尾巴，不是棍子。」

小刺蝟這才放心地向前走去。走不多遠，樹叢中「騰」地跳出一隻大老虎。老虎張著大嘴巴，要吃小刺蝟。小刺蝟嚇得蜷縮成一團，像一個帶刺的大皮球。

老虎想：「這可不好吃啊，尖刺會把嘴巴、舌頭都紮傷的。」老虎歎了口氣，一屁股坐在地上，眯起眼睛打起瞌睡來了。

小刺蝟偷偷一看，心裏急了，媽媽還等著吃果子呢。他想了想，壯了壯膽，用腳「啪」地一蹬，「得溜溜」向老虎屁股上滾過去。老虎屁股是碰不得的，被小刺蝟「喀嚓」刺出了血，老虎可火啦。但是，他想不出對付小刺蝟的辦法，只好走到別處去了。

金絲猴「嗖」地一下從樹上跳下來，翹著大拇指，對刺蝟說：「你的膽子不小啊，把老虎都嚇跑了。」

小刺蝟擦了擦頭上的汗，說：「剛才見到老虎，我怕得很，後來見他對我沒有什麼辦法，我的膽子就漸漸大了。」

小刺蝟把野果採下來，堆在地上。他用身子「嘩啦」一滾，果子一個個都被釘在長刺上。小刺蝟揹著很多果子回到了家，一邊給媽媽吃果子，一邊把剛才的事告訴了媽媽。

媽媽高興地說：「你既勇敢又有孝心，是個好孩子。」

故事啟示

全世界的母親都有一顆偉大的愛子之心，吃盡千辛萬苦把孩子養大。每一個人都要珍惜母親的愛，要懂得感恩，懂得孝敬，要以實際行動回報母愛。

② 梅花鹿的智慧

灰狼肚子餓了，四處尋找食物。他看見梅花鹿帶著兩隻小鹿在小溪邊吃草，就悄悄地走過去。

梅花鹿發現灰狼正向這邊逼近，就招呼小鹿一起逃跑。灰狼緊緊跟著，想讓小鹿跑不動掉隊時趁機抓住他。梅花鹿見情況危急，急忙讓小鹿鑽入樹叢中藏起來，自己慢慢向另外的方向逃跑。

灰狼發現小鹿不見了，正想在附近的樹叢中仔細搜尋，見梅花鹿突然跌倒在地上，就急忙衝了過去。梅花鹿站起身來一瘸一拐地艱難向前走，灰狼見梅花鹿已經受傷，緊追不放。

灰狼見梅花鹿面前是一條湍急的山溪，冷笑一聲，說：「拐腿鹿，你已經無路可走啦！」

梅花鹿突然四腳用力，向山溪對面跳躍過去，穩穩地落在山溪對面。

梅花鹿故意大聲對灰狼說：「膽小鬼，你敢跳過來嗎?!」

「你拐腿鹿能夠跳過去，我當然能夠跳過去。我一定要抓住你！」

灰狼聲嘶力竭地說完，用力向對面跳去。灰狼沒有跳到對岸，「撲通」一聲掉進了急流中。

梅花鹿看著在激流中掙扎的灰狼，大聲說：「告訴你吧，我的腳好好的，故意一瘸一拐是為了把你從我孩子那邊引開。這叫『調虎離山』，你中計啦！」

灰狼聽了梅花鹿的話，氣得直瞪眼。一會，灰狼就被激流沖走了。

梅花鹿回到樹叢邊，找到了小鹿，把智鬥灰狼的經過告訴了孩子。

小鹿問梅花鹿：「灰狼十分兇殘，你假裝拐腿鹿吸引他的注意，十分危險，萬一被他追上就沒命了。你見了灰狼難道真的一點都不害怕嗎？」

梅花鹿對小鹿說：「與兇惡的灰狼鬥智鬥勇，確實很危險。但是，為了你們的安全，我甘願冒險。即使我不幸遇害，死而無悔！」

故事啟示

親情，是人世間最聖潔、最美好的感情，是親人之間血脈相連的關係，沒有別的什麼可以超越這種與生俱來的偉大感情。

③山鷹的經驗

山鷹把最好吃的東西餵養小山鷹，看著自己孩子一天天長大，心裏十分高興。

一天，山鷹見小山鷹身上的羽毛已經都長出來了，對他說：「孩子，你已經長大了，應該去學習飛翔的本領了。」

山鷹帶著小山鷹來到懸崖邊上，讓小山鷹向前飛翔。

小山鷹一邊害怕地向後退，一邊說：「我萬一飛不起來，摔下去就沒有命了啊！」

山鷹說：「你不要害怕，只要你張開翅膀，就一定可以飛起來的。」

山鷹耐心勸慰了半天，小山鷹還是不敢飛翔，畏縮在媽媽身邊害怕地哭泣。山鷹突然把小山鷹向懸崖下推去，小山鷹先是一驚，後來就打開翅膀飛翔起來。

飛了一會，小山鷹回到媽媽身邊，高興地說：「我也能飛翔了！」

山鷹說：「你能夠飛翔了，值得高興。但是要全面掌握飛行的技巧，提高自己飛行本領，還必須要勤學苦練啊！」

山雞大搖大擺地走過去，對山鷹說：「我在山洞中用柔軟的乾草做了一個寬敞舒適的窩，讓我的孩子生活得舒舒服服的，我從來不勉強他去做不願意做的事。你山鷹連個窩都沒有，讓孩子跟著你到處露宿，還狠心地將他推下懸崖。你一點都不為孩子著想，難道你不疼愛自己的孩子嗎？」

山鷹看了一眼山雞，說：「我很愛自己的孩子，讓他學會飛翔，是為他今後的生活做長遠打算啊！」

山雞說：「我不但為孩子做了舒適的窩，還為他今後的生活做好了長遠打算，給他在山澗裏貯存了許多可口的食物。你除了殘酷地折騰孩子，給他留下了什麼呢？」

山鷹對山雞說：「我沒有給孩子留下舒適的窩，也沒有給孩子貯藏可口的食物，我要給孩子留下的是自強自立的勇氣和本領。」

光陰似箭，時間飛快地過去了。山鷹看著已經獨立生活的小山鷹在藍天中自由飛翔，十分高興。山雞看著還在窩裏睡懶覺的小山雞，憂心忡忡。

故事啟示

可憐天下父母心，父母都為孩子的將來操碎了心，兩代人的年齡差異，某些觀念無法一致，但是親情的維繫不應該被任何事物阻隔。

④鞋子裏的沙子

父親見兒子和自己長得差不多高了，十分高興。為了培養兒子吃苦耐勞的精神，父親帶著兒子外出徒步旅行。

經過半天的長途跋涉，他們來到山明水秀的地方。父子倆一邊走一邊觀賞風景，興致勃勃。在路邊樹蔭下休息的時候，父親把自己的鞋子脫下來，反過去倒一下。父親要兒子也學他的樣把鞋子脫下來倒一下。

兒子滿不在乎地說：「我的鞋子裏又沒有什麼東西，脫下來再穿上去多麼麻煩，我才不高興自找麻煩呢！」

下午，父親見兒子走路時腳有些彆扭，關心地說：「快把你的鞋子脫下來，看看裏面有沒有沙子？」

兒子說：「我的腳趾有些疼，是走路多的緣故，等會用熱水洗一下腳就會好的。脫鞋子麻煩，還是趕路要緊！」

傍晚，父親扶著一瘸一拐的兒子住進了旅館。兒子脫掉左腳的鞋子，腳趾上有一個很大的血泡，大血泡旁邊沾著一粒沙子。

父親說：「叫你脫下鞋子倒沙子你不聽，沙子把你的腳趾磨出了這麼大血泡，明天怎麼趕路呢？」

兒子看著沙子，後悔地說：「沒有想到掉進鞋子裏的一粒小小沙子，讓我吃了苦頭，看來我們不得不改變原來的徒步旅行計畫了。」

父親語重心長地對兒子說：「一些看起來很瑣碎的小事其實很重要，你必須要認真做好。怕麻煩，往往會惹出更大的麻煩啊！」

故事啟示

人生如同一次長途旅行，阻礙前進的往往不是高山深谷，而是自己鞋子裏的沙子。父親用自己的人生經驗來啓發、教育子女，這也是深沉父愛的一部分。

5 孝順的小烏鴉

春天，兩隻從南方飛來的燕子在屋簷下壘窩，他們飛進飛出忙碌了很多天才把窩壘成。過了些日子，四隻可愛的小燕子出生了。小燕子們在父母的精心養育下，迅速成長。後來又學會了飛翔和捕捉害蟲。

屋子前面有一棵高大的銀杏樹，樹枝上有一個烏鴉窩，這是小烏鴉和他母親的家。小烏鴉一會兒飛出去，一會兒又飛回來，整天忙忙碌碌。

一天，一隻小燕子把小烏鴉叫到面前，說：「已經是秋天了，氣溫下降，我們要飛到溫暖的南方去過冬。這裏的冬天特別寒冷，你還是和我們一起飛到南方去，在那裏過冬很舒服。」

小烏鴉說：「如果能夠在溫暖舒適的南方過冬那當然很好，不過我離不開我的母親啊！」

小燕子說：「你可以和你母親一起飛到南方去過冬，明年這裏春暖花開的時候再回來呀！」

小烏鴉說：「我母親年齡大了，眼睛看不清東西了，翅膀也不能飛翔了。她已經老態龍鍾，連生活都不能自理了。」

小燕子說：「她不能尋找食物，不是要活活餓死嗎？」

小烏鴉說：「我每天起早摸黑四處去尋找可口的食物，叼回來嘴對嘴地餵給母親吃。她吃飽了，我才隨便找些東西填飽自己的肚子。」

小燕子說：「你懂得孝敬、反哺，回報母親養育之恩，很了不起。你為了照顧母親整天忙碌，十分辛苦啊！」

小烏鴉說：「我小時候，母親不管颳風下雨都會出去尋找好吃的食物，叼回來嘴對嘴地餵到我口中。現在母親老了，我回報養育之恩是天經地義的事情啊！」

故事啟示

父母和子女之情是人世間最偉大、最純潔的感情。孝敬父母不僅要體現在口頭的表達上，還需要落實到日常的行動中。

⑥ 企鵝餵食

南極洲冰天雪地，寒風刺骨，十分寒冷。企鵝爸爸一早就捕魚去了，企鵝媽媽正在教小企鵝們在雪地上練習走路。有的小企鵝肯吃苦多練習，已經跑得又快又穩了。有的小企鵝怕吃苦少練習，跑得慢，還時常摔倒。

企鵝爸爸在冰冷的海水中捕到一條魚，高高興興爬上了冰岸，邁步向小企鵝們走去。小企鵝們看到爸爸捕到了魚，高興得歡呼起來，爭先恐後向他衝過去，都想先吃到魚。

企鵝爸爸見小企鵝們向自己奔跑過來，叼著魚掉頭就跑，引孩子們去追趕他。企鵝爸爸在前面不停跑，小企鵝們在後面緊緊追，跑了好一會企鵝爸爸才停了下來。一隻跑得最快的小企鵝飛快衝上去，吃到了爸爸嘴中叼著的魚。跑得慢的和在半路摔倒的小企鵝什麼都沒有吃到，不停地叫喚著。

在一旁觀察了很久的海鷗對企鵝爸爸說：「你這樣叼著魚引誘孩子們奔跑爭搶，很不好啊！」

企鵝爸爸看了一眼海鷗，說：「你覺得我的這種餵養方法有什麼不好呢？」

海鷗說：「你這樣的餵養方法最大的問題是不公平，跑得快的就能夠吃到，跑得慢的老是吃不到。」

企鵝媽媽走過去，對海鷗說：「讓孩子奔跑搶食的餵養，讓他們知道只有奮勇爭先，才能取得勝利，懶惰落後就得挨餓。」

海鷗對企鵝媽媽說：「你的話確實也有道理，不過，這樣的餵養方法是否有些缺乏『紳士』風度呢？大家都會覺得你們很冷酷，不疼愛自己的孩子啊！」

企鵝爸爸說：「如果我們過於寵愛孩子，讓他們從小過慣了『魚來張口』的生活，長大後又怎麼能夠獨自求生、避敵、覓食呢？我覺得從小培養孩子的競爭意識，練就競爭本領，就是對孩子最大的愛啊！」

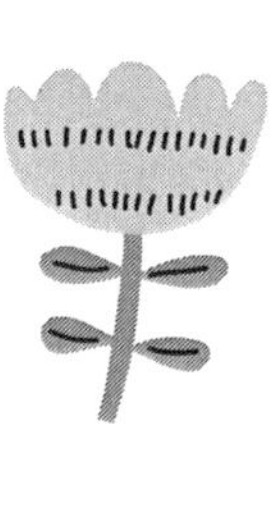

故事啟示

親情是一種血肉相連的情感，父愛深沉。從小培養孩子的競爭意識，練就競爭本領，就是對孩子最大的愛。

7 貓頭鷹教子

貓頭鷹很愛自己的孩子，常常把他帶在身邊。貓頭鷹怕老鷹和狐狸傷害孩子，只要一見到他們就急忙帶著孩子藏到安全的地方。貓頭鷹的孩子一天天長大，越來越可愛了，貓頭鷹心中格外高興。

貓頭鷹對孩子說：「你已經長大了，應該獨立生活了。你要記住，老鷹和狐狸是我們的敵人，你要提高警惕，不然會被他們吃掉的！」

小貓頭鷹說：「黃貓是不是我們的敵人呢？」

貓頭鷹說：「黃貓和我們一樣都是抓老鼠的，不是敵人。」

小貓頭鷹說：「既然都是抓老鼠的，那黃貓就是我們的朋友了！」

貓頭鷹說：「黃貓也不是我們的朋友，因為有時候他也會吃我們鳥類的。」

小貓頭鷹說：「黃貓既不是敵人又不是朋友，那算什麼呢？」

貓頭鷹說：「就把黃貓當成是同盟軍吧，我們可以和他在消滅老鼠這件事上友好協作，但是我們也應該睜一隻眼睛專門防著他點，當心他把我們吃了。」

小貓頭鷹若有所思地點了點頭。

故事啟示

社會是紛繁複雜的，我們不但要學會如何面對朋友和敵人，還要學會與形形色色的人們相處。父母給孩子好吃、好住是愛，教會孩子如何面對現實，這是一種更深的愛。

8 燕子的孩子

春天，兩隻從南方飛來的燕子忙碌地叼泥，在屋簷下建窩。

他們一天到晚飛進飛出如穿梭一般，終於建成了一個既堅固又寬敞的窩。時間過得飛快，窩裏伸出了六個可愛的小腦袋，小燕子出生了。兩隻燕子四處尋找食物，叼回來餵養自己的孩子，累得翅膀都瘦了。

大燕子見小燕子長大了，就開始教他們學習飛行。他們一次次不厭其煩地示範，一次次帶孩子進行短距離試飛，累得筋疲力盡。在他們的熱情鼓勵和耐心指導下，小燕子們終於都學會了飛翔。大燕子見小燕子已經會飛翔了，又教他們怎樣自己尋找食物。

麻雀對燕子說：「你們為了養育孩子，吃盡千辛萬苦，建了舒適寬敞的窩。孩子出生後又精心餵養他們，還耐心教他們學飛和尋找食物。你們太愛自己的孩子了，為了他們你們費盡心血，真讓我感動！」

燕子說：「愛孩子是我們的天性，讓孩子健康成長是我們的心願。」

秋天到了，兩隻燕子帶著孩子們告別了麻雀，飛到南方去了。光陰似箭，轉眼又是春天。一個陽光明媚的上午，兩隻燕子又飛回來找到了自己的窩。

麻雀問燕子：「你們一群可愛的孩子怎麼沒有一起回來？他們去哪裏了？」

燕子說：「孩子們也從南方飛回來了，如今他們都已經長大了，離開我們去獨立生活了。」

麻雀指著身邊的一群小麻雀，對燕子說：「我很愛我的孩子，一直把他們留在身邊，捨不得他們離開。你們原來那麼愛孩子，如今怎麼就忍心讓他們離開，難道你們不再愛他們了？」

燕子坦然一笑，說：「孩子長大後，就應該讓他們各自成家，獨立生活。如今，我們的孩子們都在各地忙碌地建窩，接下來還要擔當養育兒女的責任。讓孩子離開，正是我們對孩子愛得深沉的表現啊！」

故事啟示

俗話說：「兒行千里母擔憂。」雖然父母和孩子不在一起，但是阻隔不了親情。時間的流逝，許多往事可以淡化，可是親情是無論如何割捨不去的。

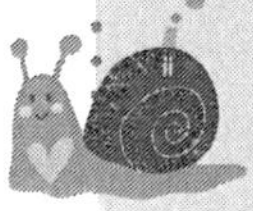

9 鷹媽媽的擔心

小鷹在鷹媽媽的嚴格要求下堅持刻苦訓練，飛行速度越來越快。鷹媽媽看著翱翔在藍天白雲間的小鷹，感到格外高興。

一天，小鷹對鷹媽媽說：「我飛得這麼快，這麼高，感到十分自豪。但是，天有不測風雲，如果我在空中突然遭遇暴風雨的襲擊，你一定會為我的安全擔心啊！」

鷹媽媽微微一笑，說：「飛行途中突然遭遇暴風雨確實有危險，但是，我相信你是最棒的，有戰勝困難的勇氣和力量。所以，我不會過度為你的安全擔心！」

小鷹連續參加了三次小鳥飛行大賽，每次都榮獲冠軍。小鷹每次高高興興地把沉甸甸的金牌給媽媽看時，鷹媽媽都開心地笑著。

小鷹對鷹媽媽說：「每次大賽我都遙遙領先，是最棒的，我是永遠的冠軍！」

鷹媽媽聽了小鷹的話，微微搖了搖頭，輕輕歎了一口氣。

小鷹說：「媽媽，你怎麼歎氣，是身體不舒服還是有什麼不開心的事情嗎？」

鷹媽媽對小鷹說：「我身體很好，也沒有什麼不開心的事，只是有些為你擔心啊！」

小鷹說：「我已經長大了，再猛烈的暴風雨我也不懼怕，有勇氣和能力戰勝一切艱難險阻！我是最棒的，你有什麼好擔心的呢？」

鷹媽媽指著金燦燦的金牌，對小鷹說：「你能夠獲得金牌我當然感到高興，但是我也很為你擔心。你背負著沉甸甸的金牌，以後還怎麼飛行呢？」

小鷹笑著說：「你的擔心是多餘的，我把金牌都放在家裏，從來不會帶著金牌去參加比賽的啊！」

鷹媽媽語重心長地對小鷹說：「我擔心你獲獎後沾沾自喜，驕傲自滿，固步自封。你一定要牢記，沒有永遠的冠軍，沒有永遠的第一。繼續奮發努力，才能不斷進步啊！」

小鷹這才恍然大悟，知道媽媽的擔心並非多餘。

故事啟示

父母有著豐富的人生經歷，他們的教導應該引起孩子的重視。有一種關愛就在身邊，有一種嚴厲充滿愛意，這就是人間最偉大的感情——親情。

⑩ 母鴨的孩子

母鴨把自己生的三個大鴨蛋放在身體下面，用體溫孵小鴨。在窩裏待了一會，母鴨就覺得孵小鴨太寂寞了，於是去找正在孵小雞的母雞，請她幫助孵小鴨。

母雞指著身體下面的五個雞蛋，說：「我忙著孵小雞，你就自己孵小鴨吧。」

母鴨懇求說：「你反正在孵小雞，加上我三個蛋也不算多，就幫個忙吧。」

母鴨見母雞點頭同意了，就把三個鴨蛋拿過來放在了母雞的身體下面。母鴨鬆了一口氣，高高興興去池塘游泳去了。

母雞每天待在窩裏，用自己的體溫孵小雞、小鴨。母雞用腳不停地翻動身體下面的蛋，讓它們得到同樣的溫度。經過母雞二十多天的認真孵化，小雞、小鴨啄破蛋殼，從裏面鑽了出來。看著活潑可愛的小雞、小鴨，母雞十分高興。

母雞對母鴨說：「我要照顧小雞，你就把小鴨帶回去吧。」

母鴨對母雞說：「帶這麼小的孩子我沒有經驗，反正你要帶小雞，加上三隻小鴨也不算多，就幫個忙。等孩子長大一點，我再把他們帶回家。」

母鴨見母雞同意了，鬆了一口氣，高高興興去池塘中找東西吃了。時間過得很快，小鴨身上的黃色絨毛已經脫去，長出了羽毛。

母鴨把三隻小鴨帶回家去，指著池塘對他們說：「快跳到池塘裏去游泳，又涼快又好玩喔。」

想不到，小鴨們見了水，個個嚇得渾身發抖，一步一步向後退。

母鴨十分疑惑，對白鵝說：「我是游泳健將，怎麼孩子變成了沒有出息的旱鴨子了呢？」

白鵝說：「如果小鴨出生後你就領回家和你一起生活，他們肯定不會是旱鴨子。母雞自己不會游泳，她是像帶小雞一樣帶小鴨的，小鴨長大了就成了怕水的旱鴨子。從小養成的習性是很難改變的啊！」

母鴨生氣地說：「都怪該死的母雞，把我的孩子養成了旱鴨子。」

白鵝說：「你只顧自己遊玩，把孵化和養育孩子的責任推給別人，所以才造成這種後果。要怪，就怪你自己吧！」

故事啟示

父母生下了兒女，就應該負起養育和教育的責任。父母的言行為孩子樹立了榜樣，孩子從小養成的習性很難改變。

⑪ 大毛和二毛

猴媽媽有兩個聰明活潑的孩子，一個叫大毛，一個叫二毛。

一天，猴媽媽對剛從外面玩耍回來的大毛和二毛說：「你們在外面看到了什麼有意思的事情呢？快講給我聽。」

大毛想了想，說：「我看見小象用長鼻子吸了水幫助山羊公公澆菜，他噴出的水不怎麼均勻；後來又看見小象幫助梅花鹿擦拭玻

璃窗，他有的地方沒有擦乾淨。小象幹活不夠細心，不精益求精。他自己還以為做得很好呢，真可笑！」

二毛說：「我看見小象在幫助山羊公公澆菜時，踩壞了一棵小菜；幫助梅花鹿擦拭玻璃窗時，踩壞了窗外的一棵小花。小象幹活不夠小心，有點莽撞。他自己還以為做得很出色呢，真可笑！」

猴媽媽看了一眼大毛和二毛，說：「你們觀察得都很仔細，發現了小象在幹活時還有改善的空間。但是，你們應該知道，要實實在在地做一點事情，難免會出現一些問題和不足，這並不奇怪，更談不上什麼可笑。」

猴媽媽喝了一口水，繼續說：「小象樂於助人、勤奮苦幹的精神值得大家學習啊！你們不和小象一起去幫助那些需要幫助的夥伴，卻在一旁用挑剔的眼光看他，這難道能夠證明你們比小象聰明能幹嗎？」

大毛和二毛聽了媽媽的話，臉「唰」地一下紅了。

故事啟示

母親都會責備孩子，有時候甚至是嚴厲的責備，這並非她缺乏母愛，實際上這正是她深愛孩子的緣故。

⑫ 春夏秋冬四姑娘

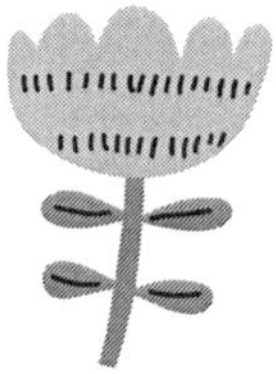

春、夏、秋、冬四位姑娘穿著各具特色的時裝，楚楚動人，人見人愛。

仙女也十分喜愛這四位美麗可愛的姑娘，但她想：「這四位姑娘的外貌無可挑剔，不知內心世界如何？」

仙女對四位姑娘說：「你們四位既漂亮又優秀，我都很喜歡。現在我要在你們四位姑娘中選出一位最漂亮、最優秀的姑娘來，獎勵她一頂『四季皇后』金冠，戴上它多麼榮耀啊！」

冬姑娘微微一笑，說：「春姑娘花容月貌，活潑可愛，她用春風吹得大地春意盎然，生機勃勃。『四季皇后』金冠應該給她戴。」

春姑娘聽了冬姑娘的話，急忙說：「我和你們幾位大姐相比，差得很多呢！夏姑娘美麗動人，熱情奔放，她用火熱的心讓人間變得美麗富饒，充滿希望。『四季皇后』金冠應該給她戴。」

夏姑娘搖著雙手，指著秋姑娘說：「我看還是秋姑娘最好，她豐滿動人，賢淑勤快，她用慈愛的心腸和辛勤汗水使大地五穀豐登，碩果累累纍纍。『四季皇后』的金冠她最合適。」

秋姑娘說：「我看還是冬姑娘好，她冰清玉潔，含情脈脈。她以純潔的心靈和聰明才智把世界重新打扮，雪花飄飄，銀裝素裹，多麼富有詩情畫意。冬姑娘看似冷酷無情，其實她的愛同樣十分強烈，只是比較含蓄，表現方式也與眾不同罷了。我認為冬姑娘戴『四季皇后』金冠最合適。」

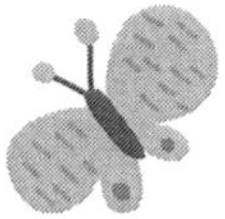

仙女聽了春、夏、秋、冬四位姑娘的談話後，既感動又感慨地說：「真難得，你們性格不同，但是心靈和外貌都同樣美麗可愛！」

故事啟示

良好的家庭傳統有助於家庭成員相互尊重，有助於建成一個友愛的、生氣勃勃的家庭。

⑬ 永久的財富

有一個商人生意興隆，賺了許多錢，成了遠近聞名的大富豪。

商人有了錢，就瞧不起原來的親戚朋友了，彼此不再往來。

商人的妻子對丈夫說：「你把親戚朋友都得罪了，現在連一個知心朋友也沒有了，以後有什麼困難，誰來幫助我們呢？」

商人指著金銀財寶箱子，說：「財富就是我的朋友，有了財富，還愁沒有人幫助我嗎?!」

後來，商人做生意虧了本，把家產都賠光了，連房子也變賣了。商人的兒子又生了大病，想叫醫生治病卻又沒有錢。

商人對妻子說：「你去找親戚、朋友商量商量，向他們借些錢和糧食，以救燃眉之急。」

商人妻子說：「你有錢的時候看不起別人，把親戚朋友一個個得罪光了，事到如今，我還有什麼臉去見他們，要去你自己去吧！」

商人呆呆地站著，半天說不出話來。

故事啟示

財富不是永久的朋友，朋友卻是永久的財富。彼此互相關心，患難相濟，才是真正的朋友。朋友需要你今天幫助，千萬不要等到明天。

⑭兄弟拉縴

搖船老漢有兩個兒子。一天，老漢帶他們出去幫助別人裝運瓷器。這天逆水行船，又遇頂頭風。

老漢對兩個兒子說：「今天光搖櫓是不行了，你們上岸拉縴，我在船上搖櫓，這樣可以快些。」

兩個兒子上了岸，一前一後拉縴，船果然快多了。拉了一會，老大想：「平時父親疼愛老二，我這麼賣力幹什麼？反正有老二出

力，我少出些力也沒有什麼要緊。」他裝出用力的樣子，卻一點也沒有用勁。

老二想：「老大比我力氣大，吃得也多，應該多出力，反正有老大出力，我少出力也沒有什麼要緊。」他也裝出用力的樣子，卻一點也沒有用勁。

這時，風急浪高，貨船非但不向前，反而急速向後退。老漢在船上大聲呼喊，讓兒子用力拉縴，兩個兒子這時才使勁拉縴，可已經來不及了。船一個勁向後退，他們被縴繩拉著，「撲通」一聲拉入了河中。

失去控制的船撞在石岸上，船撞壞了，一船瓷器震得粉碎，老漢連連歎氣。

像落湯雞一樣的兄弟倆你看看我，我看看你，尷尬極了。

故事啟示

兄弟手足情深，俗話說：「兄弟同心，協力斷金。」兄弟如果團結一致，齊心協力，什麼樣的困難都可以克服。

⑮ 企鵝的風度

兩隻仰首挺胸的企鵝邁著優雅的步子，目不轉睛地向前走去。

樹上的鳥兒見了企鵝的「紳士」風度，都十分欽佩。

烏鴉說：「哇，企鵝身披黑色大禮服，精神飽滿，舉止從容，風度翩翩。他們是最有風度的動物！」

百靈鳥說：「企鵝的外表讓我感覺很有修養和內涵，你們看，他們都目不斜視，沒有貪欲，和睦相處，有著與世無爭的君子風度。」

喜鵲在小河邊抓到一條小魚，叼著飛到了樹上。他聽到烏鴉和百靈鳥在一個勁地誇企鵝，就把小魚放在樹枝上，大聲問說：「誰要吃鮮魚呀！」

兩隻企鵝一聽說有鮮魚，情不自禁地停住了腳步，抬頭向樹上張望。喜鵲把小魚拋向企鵝，兩隻企鵝馬上低下頭去爭搶起來。他們都想獨吞小魚，先是大吵大鬧，接著就大打出手，羽毛掉了一地。

喜鵲看著兩隻狼狽不堪的企鵝，對烏鴉和百靈鳥說：「不能以外表來判斷他們是否有風度，你們都看到了，一條小魚就讓他們貪婪自私的本性暴露無餘了。」

故事啟示

真正的朋友情誼，是世界上非常美好的情感。但是，有一些朋友平時看起來雖然不錯，卻為了一點私利，就你爭我奪，反目成仇。

16 癩蛤蟆的理由

早晨，花公雞在綠茵茵的草地上一邊散步一邊尋找食物。蝗蟲見花公雞正向自己走過來，急忙張開翅膀準備逃跑。只見花公雞大踏步衝過去，一下子就把蝗蟲吞進了肚子。

躲在草叢中休息的癩蛤蟆被飛奔過去抓蝗蟲的花公雞踩了一腳，十分惱火。他大聲對花公雞說：「你走路不長眼睛，竟然踩到我身上了！」

花公雞回頭看了一下癩蛤蟆，說：「剛才我忙著追趕蝗蟲，不小心踩到了你。對不起啊！」

癩蛤蟆怒氣沖沖地說：「你用嘴輕輕地說一聲『對不起』就好了嗎？難道我就這樣被你白踩了?!」

花公雞瞪著眼睛，大聲說：「我已經向你道歉了，你還想怎麼樣？」

癩蛤蟆想，花公雞個子比自己大得多，堅硬的嘴巴和尖利的爪子十分厲害，自己和他對上肯定要吃虧。他只好忍氣吞聲，眼睜睜看著花公雞大搖大擺走了。

癩蛤蟆一肚子氣無處發洩，氣得他渾身感到不舒服。他看到一隻蝸牛在草地上不緊不慢地爬行，就衝過去用腳狠狠踩了一腳。

蝸牛對癩蛤蟆說：「我又沒有惹你，你為什麼無緣無故地踩我呢？」

癩蛤蟆神氣活現地說：「我踩你，你能把我怎麼樣？剛才我還被花公雞踩了一腳呢！」

蝸牛說：「剛才花公雞在追趕蝗蟲時不小心踩上了你，而且已經向你道歉過了。你就是肚子裏的氣還沒有消，也不能發洩在我身上啊！」

癩蛤蟆說：「如果花公雞不踩我一腳，我也不會踩你，你要怪就怪花公雞吧！」

蝸牛說：「花公雞踩你是無意的，情有可原；你踩我卻是故意的，毫無道理。你心胸狹窄，怕強欺弱，還強詞奪理，真是卑鄙無恥！」

故事啟示

我們要學會與人和睦相處，要有寬廣的胸懷，自己心中有什麼不痛快也不能發洩在別人身上。友情是美好的東西，需要我們珍愛和維護。

17 小氣的棕熊

猴子在家門口的空地上種桃樹，挖土時不小心把鐵鏟鏟壞了。

猴子急著種桃樹，就去向鄰居棕熊借鐵鏟。棕熊想：「我的鐵鏟是新買的，萬一被猴子用壞了怎麼辦？」

棕熊對猴子說：「等會我也要挖土，鐵鏟不能借給你。」

猴子見棕熊不肯把鐵鏟借給自己，只得去向別的鄰居借。

小牛給自己家菜園裏的蔬菜澆水，挑水時不小心，把一個水桶碰在樹上撞壞了。小牛急著給蔬菜澆水，就去向鄰居棕熊借水桶。

棕熊想：「我的水桶萬一被小牛用壞了怎麼辦？」

棕熊對小牛說：「等會我也要澆水，水桶不能借給你。」

小牛見棕熊不肯把水桶借給自己，只得去向別的鄰居借。

傍晚，棕熊在忙著準備晚飯，她的兩個孩子在廚房裏玩捉迷藏。小熊在追逐時不小心撞倒了廚房中的碗櫃，「嘩啦」一聲巨響，碗和盤子全都摔得粉碎。

眼看就要吃晚飯了，棕熊犯了愁，沒有了盤子，用什麼裝菜？沒有碗，用什麼盛飯？這兒離街上路途遙遠，如果趕去買，商店也已經關門了。她想去向鄰居猴子和小牛借些碗和盤子先解燃眉之急，可是又不敢去。她知道，自己不肯把東西借給鄰居，鄰居一定很惱火。自己厚著臉皮去向他們借，他們肯定會一口回絕，這豈不是自找沒趣？

棕熊正在六神無主的時候，猴子捧著一疊嶄新的碗，來到棕熊家，把這些碗借給棕熊。接著，小牛也捧著一疊嶄新的盤子，來到了棕熊家，把這些盤子借給棕熊。原來，他們剛才聽見「嘩啦」一聲巨響，就出門看個究竟，通過棕熊家的窗戶，他們看見了裏面發生的一切。

棕熊看著猴子和小牛，感動得熱淚盈眶，喃喃地說：「我剛才對不起你們，對不起。謝謝你們慷慨相助！」

故事啟示

俗話說：「鄰居好，賽金寶。」又說：「遠親不如近鄰。」鄰里之間的情誼是十分珍貴的。沒有人可以不需要別人的幫助，也沒有人不能給他人幫助。

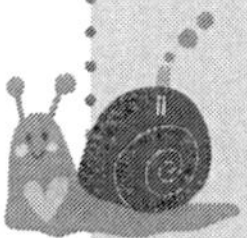

18 鄰居

黑狗和花公雞是多年的鄰居，他們一直互相幫助，和睦相處。

這一天早晨，花公雞又「喔——，喔——」大聲叫起來，一直叫個不停。

正在睡覺的黑狗被花公雞的叫聲吵醒，十分生氣地衝出門，大聲責問道：「你像以往那樣叫一會就好了，今天怎麼沒完沒了地叫，讓我怎麼睡得著覺？」

花公雞正叫得起勁，黑狗的責問讓他很不高興，說：「太陽都出來了，你還睡懶覺，我就是要吵醒像你這樣的懶漢！」

黑狗委屈地說：「整個晚上我都在巡邏，你應該體諒我。你叫一會也就好了，今天這麼發了瘋似地叫，讓我怎麼受得了?!」

花公雞拿出一張紙條，對黑狗說：「告訴你吧，喜歡我叫聲的動物可多著呢，昨天我在門縫中發現一張署名為『一個崇拜者』的紙條，說我的叫聲十分動聽，希望我延長叫的時間，還希望我叫得更加響亮些，這樣可以喚醒白天睡懶覺的懶漢，振奮大家精神。你不喜歡聽就把你的家搬得遠遠的！」

狐狸早就想吃掉花公雞，因為黑狗的家和花公雞的家緊挨著，一直不敢下手。他見黑狗把家搬走後，心中暗暗高興。

一天晚上，狐狸撥開花公雞家的門，一把抓住花公雞，冷笑一聲說：「今天讓你死個明白，告訴你吧，署名『一個崇拜者』的紙條是我寫的。你果然中計，大叫不停，把黑狗氣走了。」

花公雞知道自己上了狐狸的當，絕望地歎了口氣。就在這時，黑狗突然出現在狐狸面前，一把抓住了他。

狐狸對黑狗說：「我知道你已經和花公雞鬧翻了，家也搬到別處去了，沒有想到你還會來救他。」

黑狗說：「我早就猜到署名『一個崇拜者』的紙條一定是不懷好意的人寫的。我雖然搬了家，但是老鄰居的安危仍時刻掛在我心上，一直在暗中保護他。今日巡邏到這裏，把你抓個正著！」

花公雞聽了黑狗的話，又慚愧又感動，半天說不出話來。

故事啟示

鄰里之間的矛盾往往由別有用心的人挑起，鄰里失和之時就是他們渾水摸魚之時。珍愛鄰里親情，生活更加美好溫馨。

⑲ 最（ㄗㄨㄟˋ）大（ㄉㄚˋ）的損（ㄙㄨㄣˇ）失（ㄕ）

從（ㄘㄨㄥˊ）前（ㄑㄧㄢˊ），有（ㄧㄡˇ）一（ㄧ）個（ㄍㄜ˙）叫（ㄐㄧㄠˋ）施（ㄕ）小（ㄒㄧㄠˇ）二（ㄦˋ）的青（ㄑㄧㄥ）年（ㄋㄧㄢˊ），和（ㄏㄜˊ）同（ㄊㄨㄥˊ）村（ㄘㄨㄣ）的兩（ㄌㄧㄤˇ）個（ㄍㄜ˙）青（ㄑㄧㄥ）年（ㄋㄧㄢˊ）一（ㄧ）塊（ㄎㄨㄞˋ）去（ㄑㄩˋ）淘（ㄊㄠˊ）沙（ㄕㄚ）金（ㄐㄧㄣ）。

他（ㄊㄚ）們（ㄇㄣ˙）起（ㄑㄧˇ）早（ㄗㄠˇ）摸（ㄇㄛ）黑（ㄏㄟ）淘（ㄊㄠˊ）了（ㄌㄜ˙）整（ㄓㄥˇ）整（ㄓㄥˇ）一（ㄧ）年（ㄋㄧㄢˊ），終（ㄓㄨㄥ）於（ㄩˊ）每（ㄇㄟˇ）人（ㄖㄣˊ）積（ㄐㄧ）聚（ㄐㄩˋ）了（ㄌㄜ˙）一（ㄧ）小（ㄒㄧㄠˇ）袋（ㄉㄞˋ）沙（ㄕㄚ）金（ㄐㄧㄣ）。

三（ㄙㄢ）人（ㄖㄣˊ）拿（ㄋㄚˊ）著（ㄓㄜ˙）沙（ㄕㄚ）金（ㄐㄧㄣ）高（ㄍㄠ）高（ㄍㄠ）興（ㄒㄧㄥ）興（ㄒㄧㄥ）地（ㄉㄧ˙）準（ㄓㄨㄣˇ）備（ㄅㄟˋ）回（ㄏㄨㄟˊ）家（ㄐㄧㄚ）去（ㄑㄩˋ），突（ㄊㄨ）然（ㄖㄢˊ），樹（ㄕㄨˋ）叢（ㄘㄨㄥˊ）後（ㄏㄡˋ）閃（ㄕㄢˇ）出（ㄔㄨ）一（ㄧ）個（ㄍㄜ˙）

手（ㄕㄡˇ）拿（ㄋㄚˊ）大（ㄉㄚˋ）刀（ㄉㄠ）的彪（ㄅㄧㄠ）形（ㄒㄧㄥˊ）大（ㄉㄚˋ）漢（ㄏㄢˋ）擋（ㄉㄤˇ）住（ㄓㄨˋ）去（ㄑㄩˋ）路（ㄌㄨˋ）。

大（ㄉㄚˋ）漢（ㄏㄢˋ）大（ㄉㄚˋ）聲（ㄕㄥ）喝（ㄏㄜ）道（ㄉㄠˋ）：「留（ㄌㄧㄡˊ）下（ㄒㄧㄚˋ）買（ㄇㄞˇ）路（ㄌㄨˋ）錢（ㄑㄧㄢˊ），不（ㄅㄨˋ）然（ㄖㄢˊ）別（ㄅㄧㄝˊ）想（ㄒㄧㄤˇ）活（ㄏㄨㄛˊ）著（ㄓㄜ˙）走（ㄗㄡˇ）出（ㄔㄨ）山（ㄕㄢ）谷（ㄍㄨˇ）！」

兩個青年知道遇上了強盜，二話不說，拿起木棍就和強盜搏鬥起來，施小二卻趁機躲進了濃密的樹叢中。強盜砍傷了兩個青年，搶走了他們的沙金。

施小二逃命回到家中，把路上遇盜的事告訴了父親。

父親歎了口氣，說：「你們三人中你的損失最大，太可惜了！」

施小二忙把沙金袋交給父親，說：「我一點也沒有損失，您怎麼說我的損失最大呢？」

父親語重心長地說：「他們雖然損失了沙金，還挨了刀，但他們敢於和強盜搏鬥，十分勇敢，使人佩服。你在緊要關頭不是和朋友同心協力與強盜搏鬥，而是丟下朋友，只顧自己逃命，連我的面子也被丟光了，還說沒有損失?!」

故事啟示

最大的損失，莫過於名譽掃地。損失了金錢還可以賺回來，損失了名譽會被大家瞧不起，而且很難彌補。

⑳ 黑熊一舉成名後

黑熊、梅花鹿、獼猴從小就是很好的朋友，常在一起玩。昨天，身強力壯的黑熊在森林王國舉重大獎賽中一舉成名，獲得了冠軍，得到了很多獎金。

梅花鹿原來住的房子已經十分破舊，他準備建造一幢新房子。獼猴看到梅花鹿正在忙碌地搬運石塊，就主動過去幫忙。有一塊大石頭十分沉重，梅花鹿和獼猴費了很大的勁還是抬不起來。獼猴看

到黑熊正好從這裏經過，急忙招呼他過來幫忙。黑熊想：「我已經是大名鼎鼎的大力士，是冠軍，去給別人做搬運石塊的粗活太丟面子了！」黑熊只當沒有聽見，只管大搖大擺地向前走去。

獼猴對著黑熊大聲說：「大家都是鄰居，應該相互幫助啊！」

黑熊一邊走一邊想：「梅花鹿、獼猴不但個子小，力氣也不大。我赫赫有名的大力士和這樣的弱小動物在一起，肯定會被別人笑話。我如果有困難，他們也幫不上什麼忙。我有的是錢，有困難多花些錢不怕解決不了。」

黑熊走著走著，突然「嘩啦」一聲掉進了陷阱。陷阱很深，又陡又滑，黑熊用盡全身的力氣往上爬，怎麼也爬不出去，只好大聲呼救。

梅花鹿和獼猴隱隱約約聽見哭喊聲，一起走了過去，發現黑熊掉在陷阱裏。

黑熊以懇求的口氣對梅花鹿和獼猴說：「你們一定要想法救我啊！我會給你們很多錢！」

梅花鹿和獼猴看了一眼黑熊，回頭就走。黑熊想：「剛才我沒有幫助搬運石頭，他們還生我的氣呢！」

想不到，梅花鹿和獮猴飛快地回到了建房工地上，扛起一根又長又粗的木頭，來到陷阱邊。他們把木頭的一端放進陷阱，讓黑熊順著木頭爬上來。

黑熊爬出了陷阱，對累得滿頭大汗的梅花鹿和獮猴說：「你們救了我，我會給你們錢的。不過，你們千萬不要把我掉在陷阱裏大哭的事情講出去，這太沒有面子了。」

獮猴對黑熊說：「誰要你的錢！難道在你的心中，除了面子和錢就沒有別的什麼了嗎？」

故事啟示

人世間朋友情是一種美好的感情。真誠的友情是人生的無價之寶，丟失友誼比丟失金錢、面子更加可悲！

㉑ 最好（ㄗㄨㄟˋ ㄏㄠˇ）的朋（ㄆㄥˊ）友（ㄧㄡˇ）

狐（ㄏㄨˊ）狸（ㄌㄧˊ）不小心掉（ㄉㄧㄠˋ）進了陷（ㄒㄧㄢˋ）阱（ㄐㄧㄥˇ），怎麼（ㄇㄜ˙）也爬（ㄆㄚˊ）不出來（ㄌㄞˊ）。狐（ㄏㄨˊ）狸（ㄌㄧˊ）見（ㄐㄧㄢˋ）穿（ㄔㄨㄢ）山甲（ㄐㄧㄚˇ）在陷（ㄒㄧㄢˋ）阱（ㄐㄧㄥˇ）上邊（ㄅㄧㄢ）走過（ㄍㄨㄛˋ），就苦（ㄎㄨˇ）苦（ㄎㄨˇ）哀（ㄞ）求（ㄑㄧㄡˊ）救（ㄐㄧㄡˋ）他一命（ㄇㄧㄥˋ）。穿（ㄔㄨㄢ）山甲（ㄐㄧㄚˇ）蜷（ㄑㄩㄢˊ）縮（ㄙㄨㄛ）成一個圓（ㄩㄢˊ）球（ㄑㄧㄡˊ），滾（ㄍㄨㄣˇ）進了陷（ㄒㄧㄢˋ）阱（ㄐㄧㄥˇ），迅（ㄒㄩㄣˋ）速（ㄙㄨˋ）在陷（ㄒㄧㄢˋ）阱（ㄐㄧㄥˇ）底（ㄉㄧˇ）部向（ㄒㄧㄤˋ）上斜（ㄒㄧㄝˊ）著挖（ㄨㄚ）洞（ㄉㄨㄥˋ），一直把洞（ㄉㄨㄥˋ）打到地面（ㄇㄧㄢˋ）。狐（ㄏㄨˊ）狸（ㄌㄧˊ）順（ㄕㄨㄣˋ）著穿（ㄔㄨㄢ）山甲（ㄐㄧㄚˇ）挖（ㄨㄚ）的洞（ㄉㄨㄥˋ）爬（ㄆㄚˊ）出了陷（ㄒㄧㄢˋ）阱（ㄐㄧㄥˇ），十分高興（ㄒㄧㄥˋ）。

狐（ㄏㄨˊ）狸（ㄌㄧˊ）對（ㄉㄨㄟˋ）穿（ㄔㄨㄢ）山甲（ㄐㄧㄚˇ）說（ㄕㄨㄛ）：「我永（ㄩㄥˇ）遠（ㄩㄢˇ）不會（ㄏㄨㄟˋ）忘（ㄨㄤˋ）記（ㄐㄧˋ）你的救（ㄐㄧㄡˋ）命（ㄇㄧㄥˋ）之恩（ㄣ），從（ㄘㄨㄥˊ）今（ㄐㄧㄣ）以後（ㄏㄡˋ）我們（ㄇㄣ˙）就是最（ㄗㄨㄟˋ）好的朋（ㄆㄥˊ）友（ㄧㄡˇ）了。」

突然，獅子從樹叢後跳出來，一把抓住了狐狸。

狐狸見獅子張開了血盆大口，急忙對獅子說：「我這麼瘦，除了皮就只有骨頭，還有狐臭味，很難吃。聽說穿山甲的肉不但鮮美無比，還能夠滋補身體呢！」

獅子聽狐狸這麼一說，趕忙用腳踩住了正想逃跑的穿山甲。

獅子對狐狸說：「穿山甲渾身都有硬邦邦的甲片，我要吃也無從下口啊！」

狐狸討好地說：「只要你放了我，我就會告訴你怎樣才能吃到穿山甲肉。」

獅子一邊鬆開抓狐狸的手，一邊問：「快說，你有什麼好辦法？」

狐狸指著旁邊的一堆乾樹枝，說：「只要用火柴把乾樹枝點燃，把穿山甲扔到火中烤上一會，甲片就會焦黃，接著就可以聞到香噴噴的烤肉味了。」

獅子聽了狐狸的話很高興，他讓狐狸點燃乾樹枝，把踩在腳下的穿山甲扔進了熊熊燃燒的火焰中。穿山甲被扔入火中後，急忙把身體蜷縮成一個堅硬的圓球，飛快從火焰中滾了出來。「滴溜溜」順著陡坡向下飛快滾去，很快就擺脫了追捕。

獅子見穿山甲逃跑了，一把抓住狐狸，說：「我肚子餓得很，就用你狐狸充饑吧！」

狐狸急忙對著山下的穿山甲，大聲喊：「穿山甲大哥，我們是最好的朋友，快來救我啊！」

穿山甲輕蔑地看了一眼恩將仇報、在危難關頭出賣朋友的無恥狐狸，頭也不回地走了。

故事啟示

那些常說願意為朋友兩肋插刀的人，往往會在危難來臨時不惜出賣朋友。我們對一些自稱朋友的人要提高警惕，不要被他們虛假的友情所迷惑。

22 蜜蜂救大象

春風吹拂，百花盛開，蜜蜂們在花叢中忙碌地採集花蜜。狗熊聞到蜜蜂家中飄出的蜂蜜香味，不由得口水直流。狗熊來到蜜蜂家門口，伸手趕走了家中的蜂王和留守的蜜蜂，大口地偷吃又香又甜的蜂蜜。

外出採集花蜜的蜜蜂回家，見自己辛辛苦苦採集的花蜜全部被狗熊吃了，十分憤怒。蜜蜂們四處尋找狗熊，準備一起用尖刺去教訓他，可是狗熊早就躲藏起來，怎麼也找不到他。

蜜蜂對鄰居大象說：「如果狗熊再來偷吃蜂蜜，請你趕走他。」

大象說：「我可以幫助你們趕走前來偷蜜的狗熊，不過，你們準備怎樣報答我呢？」

蜜蜂說：「你幫助了我們，我們很感激你。」

大象看了一眼蜜蜂，說：「光說感激又有什麼用？我才不高興管閒事呢！」

過了幾天，狗熊又聞到蜜蜂家裏飄出的蜂蜜香味，過去把蜂蜜全部吃光了。大象正在河中洗澡，看見了狗熊在偷吃蜂蜜，他只當沒有看見。

突然，大象看見偷獵者的槍口瞄準了他，要逃跑已經來不及了。在偷獵者手指扣動扳機的時候，採集花蜜回來的蜜蜂用尖刺在他手上猛刺。偷獵者的手不由自主地抖動了一下，「砰」的一聲，子彈打偏了。等偷獵者再次舉起槍時，大象已經躲藏到別處去了。

大象知道是蜜蜂救了自己的命，對蜜蜂說：「幸虧你救了我，需要我怎麼報答你呢？」

蜜蜂說：「互相關心、互相幫助是美德，見義勇為更是應該的，為什麼一定要講什麼報答呢？」

故事啟示

朋友間必須是患難相濟，那才能說得上是真正的友誼。肯付出愛的人才能得到愛，關愛他人才能也被他人關愛。

23 寄居蟹和海葵

大海深處有一個奇妙的世界，那裏生活著許多的魚兒和各種有趣的動物。

寄居蟹也是這裏的居民，他的身上既沒有尖刺也沒有硬殼，常常遭到兇猛魚類的襲擊，幾次險些丟了性命。

一天，寄居蟹發現珊瑚叢邊有一只海螺殼，就把尾巴伸了進去，把頭向裏一縮，不大不小正好。寄居蟹高興極了，把海螺殼當

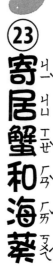

作是自己的房子，行走時也拖著海螺殼，遇到危險時就把頭縮在殼中，這樣既安全又舒適。

全身帶刺的海葵行動不便，對寄居蟹說：「你的房子真好，你的行動又快，能不能讓我長期居住在你的房頂上呢？」

寄居蟹看了一下海葵，說：「我知道，你長期躲在我的房頂上，可以免去你許多為生活奔波之苦，我吃食物時你還可以分享一些。我給你的好處很多，但你又能給我什麼呢？」

海葵對寄居蟹說：「我身體上有許多尖刺，可以說是全副武裝，如果有兇猛的魚類向你突然襲擊，我可以充當你的衛士，給你先抵擋一陣，確保你的安全。」

海葵從此和寄居蟹成了好鄰居，他們互相幫助，配合默契，生活得很好。大海中的海葵和寄居蟹也都紛紛效仿，各找對象，自由結合，親密合作。

故事啟示

人生離不開友情，友情需要忠誠去播種，用熱情去灌溉，用原則去培養，用諒解去護理。

24 紅馬媽媽的期望

白馬媽媽和紅馬媽媽是鄰居，她們都有活潑可愛的兒子。

一天，白馬媽媽對小白馬說：「你已經到了該學本領的時候了，我帶你去千里馬老師那裏，拜他為師。你要虛心學習，刻苦訓練，將來也成為千里馬。」

紅馬媽媽見白馬媽媽把兒子送到千里馬老師那裏學習，對小紅馬說：「我也帶你去千里馬老師那裏學習本領。你要爭口氣，要比小白馬學得好，將來比他有出息！」

千里馬老師年輕時曾經馳騁沙場，立了很多戰功。如今年紀大了，他就辦了個小馬培訓班，以自己豐富的經驗訓練培養小馬。千里馬老師覺得小白馬和小紅馬都是很好的千里馬苗子，精心培養他們。經過半年的訓練，小紅馬和小白馬奔跑的速度提高很快。在一次本地舉辦的長跑比賽中，小紅馬獲得了冠軍，小白馬獲得了亞軍。

紅馬媽媽見自己的兒子跑得比小白馬快，特別高興。她又給小紅馬制定了一個新的學習計畫，讓他多方面齊頭並進發展。

時間飛快，不覺已經兩年過去了。小白馬在全國千里馬選拔大賽中獲得了冠軍，得到了重用。小紅馬卻因奔跑成績太差，連參賽的資格也沒有取得。

紅馬媽媽見了千里馬老師，埋怨地說：「當初我兒子比小白馬跑得還快，為什麼如今他小白馬成為了千里馬，我的孩子卻連參賽的資格都沒有呢？你一定是偏愛小白馬，對他重點培養。對我的兒子不重視、不關心！」

千里馬老師說：「你的孩子確實和小白馬一樣優秀，但是，你逼他去跟梅花鹿學跳舞，跟猴子去學打拳，跟熊貓去學寫字，他哪有時間和精力練習奔跑？我曾經多次提醒過你，不要讓孩子學習那麼多，你不聽，這能夠怪我嗎？」

紅馬媽媽疑惑地說：「我讓孩子多學一些本領，是期望他能夠多才多藝，出類拔萃，有一個美好的前程，難道我的期望錯了？」

白馬媽媽說：「誰都期望自己的孩子出類拔萃，但不切實際地給孩子太多壓力，必然會適得其反！」

故事啟示

有些父母對孩子傾注了太多的「愛」，「望子成龍、望女成鳳」心切，結果往往適得其反。

25 兄弟養牛

從前，一個老漢和兩個兒子開墾了一片荒地，播種莊稼，勉強維持生活。他們節衣縮食，經過三年的積累，花錢購買了一頭小水牛。老漢用鮮嫩的青草餵養小水牛，還時常用煮熟的大豆餵牠。小水牛在老漢的精心餵養下迅速長大，不久就能夠幫助拉犁耕地了。

兩個兒子先後結婚成家，但仍然和老漢在一起吃飯，一起工作。老漢得病去世後不久，兄弟倆就分了家。房屋、田地各分一半，水牛不好分，兩人商量後決定輪流餵養，耕地時輪流使用。輪到老大家餵養水牛，老大見妻子正要煮大豆餵水牛，急忙過去阻止。

老大對妻子說：「明天就輪到老二餵養水牛了，他會煮大豆餵牠的。用不著天天都給水牛餵大豆，我去割些青草給餵牠就可以了。大豆留著，過年時做豆腐用。」

輪到老二家餵養水牛時，老二見妻子準備煮大豆餵水牛，急忙過去阻止。

老二對妻子說：「昨天老大肯定給水牛餵過大豆了，用不著天天都給水牛餵大豆，我去割些青草餵水牛就可以了。大豆留著，過年時拿去榨油炒菜用。」

兄弟倆輪流餵養水牛半年，都以為對方餵了大豆，自己沒有餵。結果，水牛連一顆大豆都沒有吃到，就是青草有時候也吃不飽，下雨天常常餓肚子。原來膘肥體壯的水牛越來越瘦，走路都喘粗氣。

播種的季節到了，老大讓水牛拉犁耕地，水牛有氣無力，慢吞吞地走，一天才犁了一小塊地。第二天輪到老二讓水牛拉犁耕地，水牛吃力地走了幾步，就倒在了田裏。老二拚命揮動鞭子，筋疲力盡的水牛卻怎麼也爬不起來。

老二沒有辦法，叫來老大，一起商量後請來了鄰村的老獸醫。老獸醫看了躺在地上皮包骨的水牛，連聲歎息。

老大對老獸醫說：「父親在世的時候，水牛犁地很勤快。現在卻怎麼連地都不能耕了？」

老獸醫說：「兄弟輪流餵養水牛是可以的，但如果各自都為自己打小算盤就不行了。你們平時給水牛餵飽沒有？給他餵過大豆沒有?!」

最後，兄弟倆互相指責，互相埋怨，大吵大鬧。

故事啟示

如果私心雜念作怪，即使親兄弟也無法團結。要團結合作，就不能自私自利，小肚雞腸。要有寬廣的胸懷和不怕吃虧的思想準備。

26 原諒

猴子和刺蝟交上了朋友，他們在一起玩捉迷藏，玩得很開心。

刺蝟不小心身體碰了一下猴子，猴子被尖利的刺扎得哇哇直叫。

猴子生氣地說：「我們是朋友，你怎麼可以刺我！」

刺蝟說：「都怪我不小心，對不起，請你原諒。」

猴子撫摸著被刺痛的地方，說：「你說『對不起』就好了嗎？我現在還痛得很呢，我不和你交朋友了！」

熊貓走過來，對猴子說：「誰都難免會犯錯誤，刺蝟有過錯，你應該原諒他才對。原諒別人是一種美德，大家要團結啊！」

猴子聽了熊貓的話，原諒了刺蝟，他們又在一起快樂地玩了起來。

一天，黃鼠狼來到母雞媽媽的家中，抓住一隻小雞就走，被從外面回來的母雞發現了。母雞和黃鼠狼展開了搏鬥，打成一團，難解難分。

猴子走過去，把他們拉開，說：「原諒朋友是一種美德，你們誰也不要發火，不要打了。」

母雞對猴子說：「黃鼠狼要害我的孩子，叫我怎麼不氣憤？」

猴子對母雞說：「算了，算了，誰都難免會犯錯誤，就原諒他這一次吧！大家要團結啊！」

熊貓大步走過來，一把抓住黃鼠狼，把他拉到了黑狗警長面前，說：「要好好懲處這個大壞蛋！」

猴子問熊貓：「你不是說原諒別人是一種美德、大家要團結嗎？現在為什麼不能原諒黃鼠狼呢？」

熊貓語重心長地對猴子說：「你要記住，朋友犯錯誤可以原諒，大家要講團結。但是，對於壞蛋可不能心慈手軟啊！」

故事啟示

原諒朋友是一種美德，但是原諒壞蛋卻是一種無知和愚蠢的行為。團結是十分可貴的，但團結並不是一團和氣，團結是要講原則的啊！

㉗ 最（ㄗㄨㄟˋ）大（ㄉㄚˋ）的（ㄉㄜ˙）快（ㄎㄨㄞˋ）樂（ㄌㄜˋ）

豬（ㄓㄨ）媽（ㄇㄚ）媽（ㄇㄚ）有三個孩子，他們活潑可愛，大家都很喜愛。

一（ㄧ）天（ㄊㄧㄢ）早（ㄗㄠˇ）晨（ㄔㄣˊ），三個孩子對豬媽媽說：「我（ㄨㄛˇ）們（ㄇㄣ˙）已（ㄧˇ）經（ㄐㄧㄥ）很（ㄏㄣˇ）久（ㄐㄧㄡˇ）沒（ㄇㄟˊ）有（ㄧㄡˇ）出（ㄔㄨ）去（ㄑㄩˋ）玩（ㄨㄢˊ）了（ㄌㄜ˙），心（ㄒㄧㄣ）裏（ㄌㄧˇ）悶（ㄇㄣˋ）得（ㄉㄜ˙）慌（ㄏㄨㄤ），今（ㄐㄧㄣ）天（ㄊㄧㄢ）天（ㄊㄧㄢ）氣（ㄑㄧˋ）很（ㄏㄣˇ）好（ㄏㄠˇ），我（ㄨㄛˇ）們（ㄇㄣ˙）要（ㄧㄠˋ）出（ㄔㄨ）去（ㄑㄩˋ）快（ㄎㄨㄞˋ）快（ㄎㄨㄞˋ）樂（ㄌㄜˋ）樂（ㄌㄜˋ）玩（ㄨㄢˊ）半（ㄅㄢˋ）天（ㄊㄧㄢ）。」

豬（ㄓㄨ）媽（ㄇㄚ）媽（ㄇㄚ）說（ㄕㄨㄛ）：「你（ㄋㄧˇ）們（ㄇㄣ˙）長（ㄓㄤˇ）大（ㄉㄚˋ）了（ㄌㄜ˙），一（ㄧ）直（ㄓˊ）跟（ㄍㄣ）著（ㄓㄜ˙）媽（ㄇㄚ）媽（ㄇㄚ）也（ㄧㄝˇ）不（ㄅㄨˋ）好（ㄏㄠˇ），自（ㄗˋ）己（ㄐㄧˇ）出（ㄔㄨ）去（ㄑㄩˋ）玩（ㄨㄢˊ）吧（ㄅㄚ˙），別（ㄅㄧㄝˊ）忘（ㄨㄤˋ）了（ㄌㄜ˙）要（ㄧㄠˋ）早（ㄗㄠˇ）點（ㄉㄧㄢˇ）回（ㄏㄨㄟˊ）來（ㄌㄞˊ）啊（ㄚ）！」

中午，兄弟三個都回來了，圍著媽媽你一言我一語地講自己玩得多麼快樂。豬媽媽讓他們一個一個把自己的快樂事講出來，讓大家分享。

老大說：「我去小熊家玩，他家裏有許多好玩的玩具，我們玩得很快樂！」

老二說：「我到小猩猩家裏玩，他拿出許多好吃東西熱情招待我，吃得很快樂！」

老三說：「我既沒有玩好玩的玩具，也沒有吃到什麼好吃的東西，但是感到特別快樂！」

老大、老二忙問：「那你為什麼感到特別快樂呢？」

老三說：「我經過山羊公公家門口時，聽見他的咳嗽聲，進去一看，發現他病得不輕。我急忙飛奔到猴子醫生的診所，請他給山羊公公治病。猴子醫生走後，我倒開水給山羊公公吃了藥片，讓他躺下休息。我怕山羊公公獨自在家會寂寞，就留在病床前陪他聊天。山羊公公很高興，誇我是個懂事的好孩子，我覺得特別快樂！」

豬媽媽說：「有好玩的東西和好吃的東西，確實很快樂，但是助人為樂，才是最大的快樂啊！」

故事啟示

玩耍和享受美食確實讓人滿足和快樂，但最好的滿足是給別人以滿足，最大的快樂是給別人以快樂。讓助人為樂蔚然成風，社會才會更加和諧美好。

㉘ 不願管閒事的母豬

天上烏雲密佈，雷聲陣陣，閃電發出可怕的白光。眼看就要下大雨了，母豬邁開大步急急忙忙回家去。

金絲猴把曬在家門口的玉米收在一個大口袋裏，準備搬進家裏，可是怎麼也搬不動。

金絲猴見母豬從門前走過，就用懇求的口氣對她說：「這口袋太沉了，我搬不動，請你幫助我抬到家裏去吧！」

母豬頭也不回，只當沒有聽見，一個勁往前走。她想：「天就要下雨了，我晾在家門口的衣服還沒有收呢！如果在這裏耽擱了時間，衣服被雨淋濕了怎麼辦？」

金絲猴以為母豬沒有聽清楚，於是對著她大聲說：「這口袋太沉，我搬不動，請你幫助我抬到家裏去。抬進屋就行，不會耽誤你多少時間的。謝謝你幫個忙吧！」

母豬想：「這個金絲猴也真是的，為什麼不叫別人幫忙，偏要找我呢？我才不願意管這閒事呢！」母豬走得急，腳一滑，不小心掉進了路邊的一個深坑裏，怎麼也爬不出來。

母豬急忙大聲呼喊：「我掉進深坑了，快來救我啊！」

金絲猴在小牛的幫助下，把口袋抬進了屋裏。金絲猴和小牛突然聽見深坑中傳出呼救聲，急忙拿了一根粗繩子趕了過去。金絲猴把繩子的一頭放下去讓母豬抓著，他和小牛用力向上拉，費了好大的勁才把母豬拉出了深坑。

母豬看了一眼累得滿頭是汗水的金絲猴和小牛，說：「謝謝你們！」

金絲猴對母豬說：「互相幫助是應該的，不用謝。」

母豬想起剛才不願幫助金絲猴抬口袋的事，慚愧地低下了頭。

故事啟示

別人需要你幫助的時候，不能藉故推託，應該盡力相幫。幫助別人其實也是幫助自己，誰能保證永遠都不需別人幫助呢？

29 犀牛和水牛

犀牛鼻子上的一隻獨角微微向上翹著，既漂亮又威武。他十分喜愛自己的角，把它看作自己的寶貝。

犀牛在池塘邊見到了水牛，說：「你腦袋上雖然長有兩隻大角，但你的水牛角是很普通的東西，不值錢！我犀牛的角是治病良藥，十分稀罕，都說是『寸角寸金』啊！」

水牛看了一眼犀牛，平心靜氣地說：「我的角確實不能和你的角相比，但我的角也並非一無是處啊！」

犀牛聽了水牛的話，很不高興，譏諷道：「你們水牛的角再普通不過，還有什麼用處呢？你根本不配和我這樣高貴的犀牛在一起，你快走開！」

兩個偷獵者在不遠處的樹叢中觀察很久了，他們的槍口已經瞄準了犀牛。犀牛發現情況不妙，急忙逃跑，可是已經遲了，「砰」的一聲，子彈打在了他身上。犀牛中的是帶有麻醉劑的子彈，他只覺得一陣頭暈，就失去了知覺。

偷獵者帶著鋼鋸，迅速向倒在地上的犀牛飛奔過去，想趁犀牛麻醉後失去反抗能力時把能賣大價錢的犀牛角鋸下來。水牛見情況危急，大叫一聲向偷獵者猛衝過去，用兩隻堅硬、尖利的角左右開弓，和偷獵者展開生死搏鬥。

經過一番血戰，水牛把偷獵者的麻醉槍都踩斷了。偷獵者被水牛角頂得傷痕累累，疼得哇哇直叫，拚命逃跑。水牛也已經筋疲力盡，但一直警惕地守護著犀牛。

過了好一會，犀牛終於悠悠醒了過來，他一看自己鼻子上的寶貝角還在，稍稍鬆了一口氣。犀牛看到地上被踩壞了的槍枝和血跡，他心中都明白了。

犀牛對水牛說：「要不是你的全力保護，我的角肯定被他們鋸去賣錢了，謝謝你了！」

水牛說：「如果你真要謝的話，那就謝謝我頭上這兩隻很普通的角吧。如果沒有它們做武器，我也鬥不過偷獵者啊！」

故事啟示

有些人看似平常，卻常常會在關鍵時刻挺身而出。任何時候都不要瞧不起別人，也許你需要幫助的時候，正是那些看來平平常常的人會給你雪中送炭。

30 狗熊認錯

狗熊在森林中玩，不小心掉在了陷阱中。陷阱很陡，他怎麼也爬不出來，只好拚命呼救。大象剛好在這裏路過，聞聲來到陷阱邊。

大象是狗熊的鄰居，狗熊見到大象就像見到了救星。

狗熊對大象說：「你快把我救上去，我一輩子也不會忘記你的大恩大德。我一定好好報答你！」

大象把長鼻子伸了下去，狗熊緊緊抱住大象的鼻子，終於爬了上來。

狗熊對大象說：「謝謝你救了我，不然我就沒有命了！」

一天晚上，大象的鼻子不小心被眼鏡蛇咬了一口。大象急忙去敲狗熊的門，讓他趕快去把猴子醫生請來。

狗熊正在睡覺，隱隱約約聽見大象叫他去請猴子醫生，打了個哈欠，大聲說：「我有點不舒服，已經睡了，你還是自己去猴醫生診所吧！」

大象見狗熊不願意去請猴子醫生，只好忍著傷口的疼痛，向猴醫生診所走去。大象沒有走多遠，只覺得一陣頭暈，就倒在了一棵大樹下。貓頭鷹發現大象暈倒在地上，急忙去叫來猴子醫生。猴子醫生吸出了象鼻子傷口中的毒液，用藥敷上，又給大象吃了解毒藥。經過猴子醫生全力搶救，大象才脫離了危險。

天亮後，動物們知道大象的鼻子被眼鏡蛇咬傷後，都來看望大象。狗熊拿著一束鮮花，送給大象。

猴子醫生對狗熊說：「搶救毒蛇咬傷病人，時間就是生命。一旦毒性發作，就很難救治了。你是大象的鄰居，怎麼不及時來叫我呢？要不是貓頭鷹發現，大象就沒有命了！」

狗熊慚愧地低下了頭，連連認錯。

故事啟示

活在世上，我們應該學會感恩。學會了感恩，才會體會到幸福，才會懂得如何回報。忘恩負義的人以後再遇到困難，誰還願意去幫助他呢？

兒童・寓言07　PG1311

小學生寓言故事
——溫馨親情

作者／錢欣葆
責任編輯／林千惠
圖文排版／周妤靜
封面設計／蔡瑋筠
出版策劃／秀威少年
製作發行／秀威資訊科技股份有限公司
114 台北市內湖區瑞光路76巷65號1樓
電話：+886-2-2796-3638
傳真：+886-2-2796-1377
服務信箱：service@showwe.com.tw
http://www.showwe.com.tw

郵政劃撥／19563868
戶名：秀威資訊科技股份有限公司
展售門市／國家書店【松江門市】
104 台北市中山區松江路209號1樓
電話：+886-2-2518-0207
傳真：+886-2-2518-0778

網路訂購／秀威網路書店：http://www.bodbooks.com.tw
國家網路書店：http://www.govbooks.com.tw
法律顧問／毛國樑　律師

總經銷／聯寶國際文化事業有限公司
221新北市汐止區康寧街169巷27號8樓
電話：+886-2-2695-4083
傳真：+886-2-2695-4087

出版日期／2016年1月　BOD一版　**定價**／200元
ISBN／978-986-5731-45-8

秀威少年
SHOWWE YOUNG

國家圖書館出版品預行編目

小學生寓言故事 : 溫馨親情 / 錢欣葆著. -- 一版. -- 臺北
市 : 秀威少年, 2016.1
面； 公分
ISBN 978-986-5731-45-8(平裝)

859.6 104026339

讀者回函卡

感謝您購買本書，為提升服務品質，請填妥以下資料，將讀者回函卡直接寄回或傳真本公司，收到您的寶貴意見後，我們會收藏記錄及檢討，謝謝！如您需要了解本公司最新出版書目、購書優惠或企劃活動，歡迎您上網查詢或下載相關資料：http:// www.showwe.com.tw

您購買的書名：________________________________

出生日期：________年________月________日

學歷：□高中（含）以下　□大專　□研究所（含）以上

職業：□製造業　□金融業　□資訊業　□軍警　□傳播業　□自由業

□服務業　□公務員　□教職　□學生　□家管　□其它_____

購書地點：□網路書店　□實體書店　□書展　□郵購　□贈閱　□其他

您從何得知本書的消息？

□網路書店　□實體書店　□網路搜尋　□電子報　□書訊　□雜誌

□傳播媒體　□親友推薦　□網站推薦　□部落格　□其他__________

您對本書的評價：（請填代號　1.非常滿意　2.滿意　3.尚可　4.再改進）

封面設計____　版面編排____　內容____　文／譯筆____　價格____

讀完書後您覺得：

□很有收穫　□有收穫　□收穫不多　□沒收穫

對我們的建議：________________________________

____

____

____

請貼
郵票

11466
台北市內湖區瑞光路 76 巷 65 號 1 樓
秀威資訊科技股份有限公司 收
BOD 數位出版事業部

(請沿線對折寄回，謝謝！)

姓　　名：＿＿＿＿＿＿＿＿　年齡：＿＿＿＿　性別：□女　□男

郵遞區號：□□□□□

地　　址：＿＿＿＿＿＿＿＿＿＿＿＿＿＿＿＿

聯絡電話：(日)＿＿＿＿＿＿＿＿(夜)＿＿＿＿＿＿＿＿

E-mail：＿＿＿＿＿＿＿＿＿＿＿＿＿＿＿＿